# わたしはクジラ岬《みさき》にすむ
# クジラといいます

作/岩佐めぐみ　絵/高畠 純

# はじめに

みなさんは、どんなときにうれしいですか。
ほしいものを買《か》ってもらったとき？
うんどう会《かい》で一等《いっとう》になったとき？
テストで百点《ひゃくてん》をとったとき？　それとも、
すきなだけおかしが食《た》べられるとき？
クジラ岬《みさき》を知《し》っていますか。
そこにすむクジラ先生《せんせい》は、さいきん
とってもうれしいことがあったそうです。
それで、そのことをだれかに伝《つた》えたくて
うずうずしているんですって。
みなさん、クジラ岬《みさき》にでかけてみませんか。

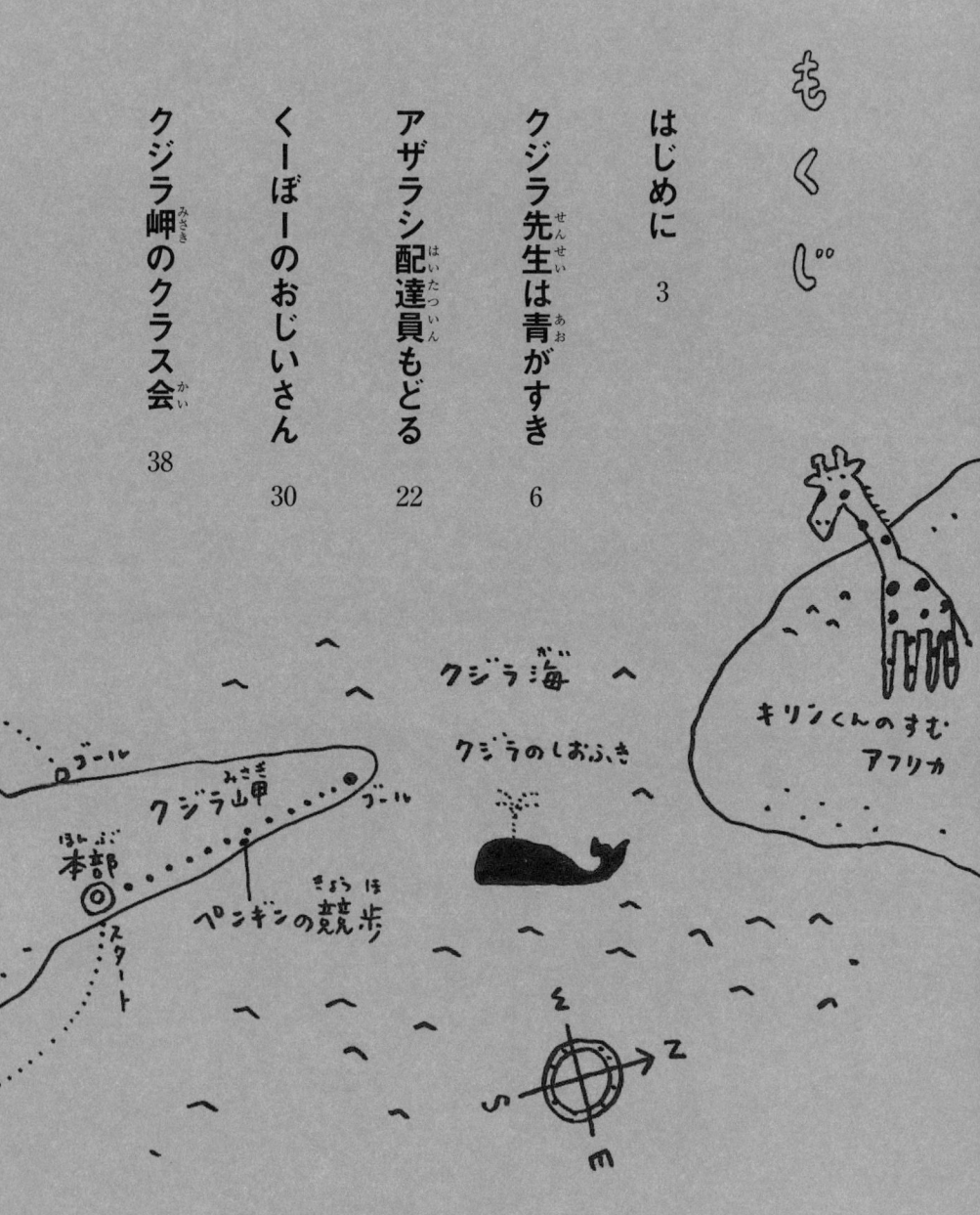

# もくじ



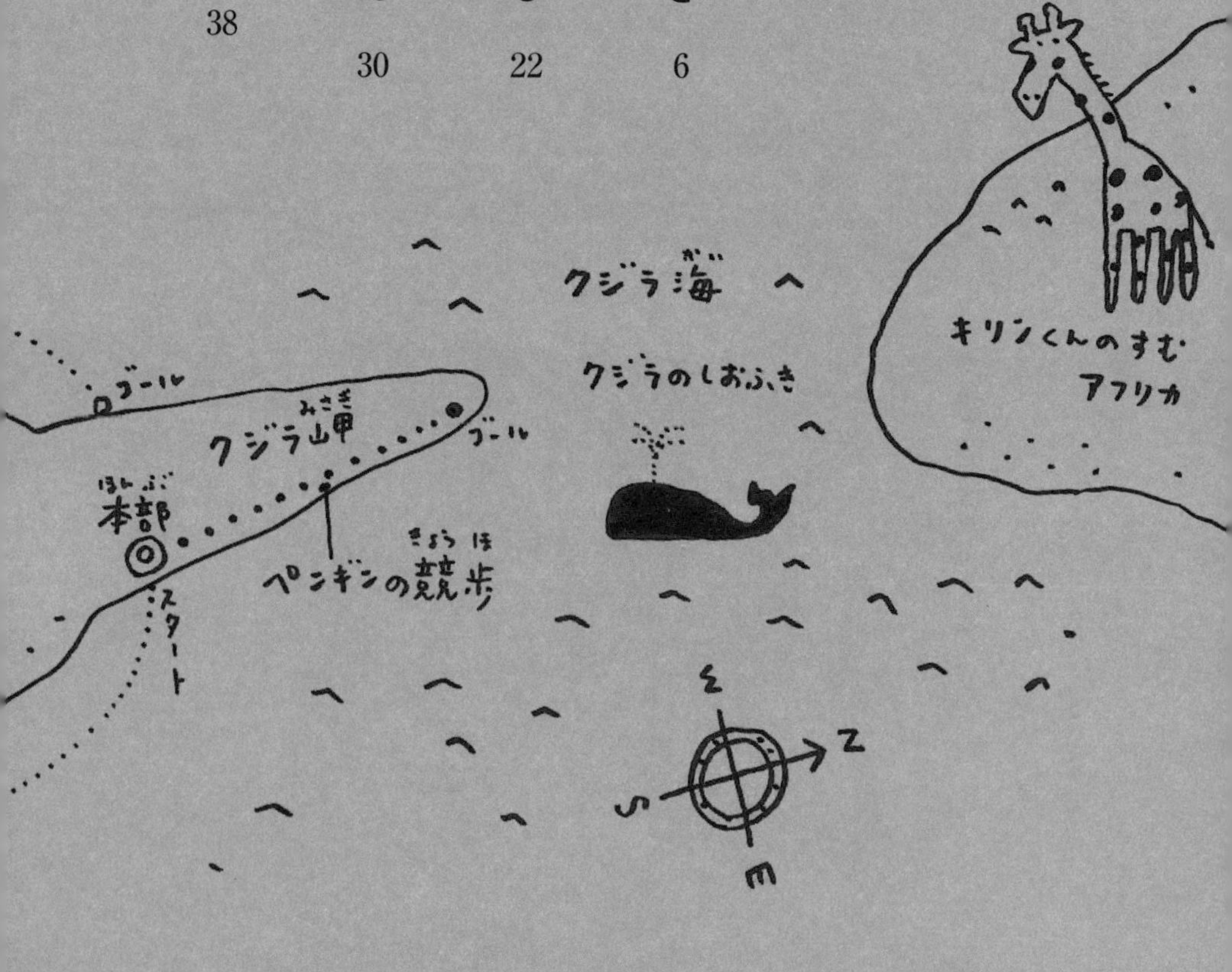

クジラ海《かい》
キリンくんのすむ
アフリカ
クジラのしおふき
ゴール
クジラ岬《みさき》
ゴール
本部《ほんぶ》
スタート
ペンギンの競歩《きょうほ》

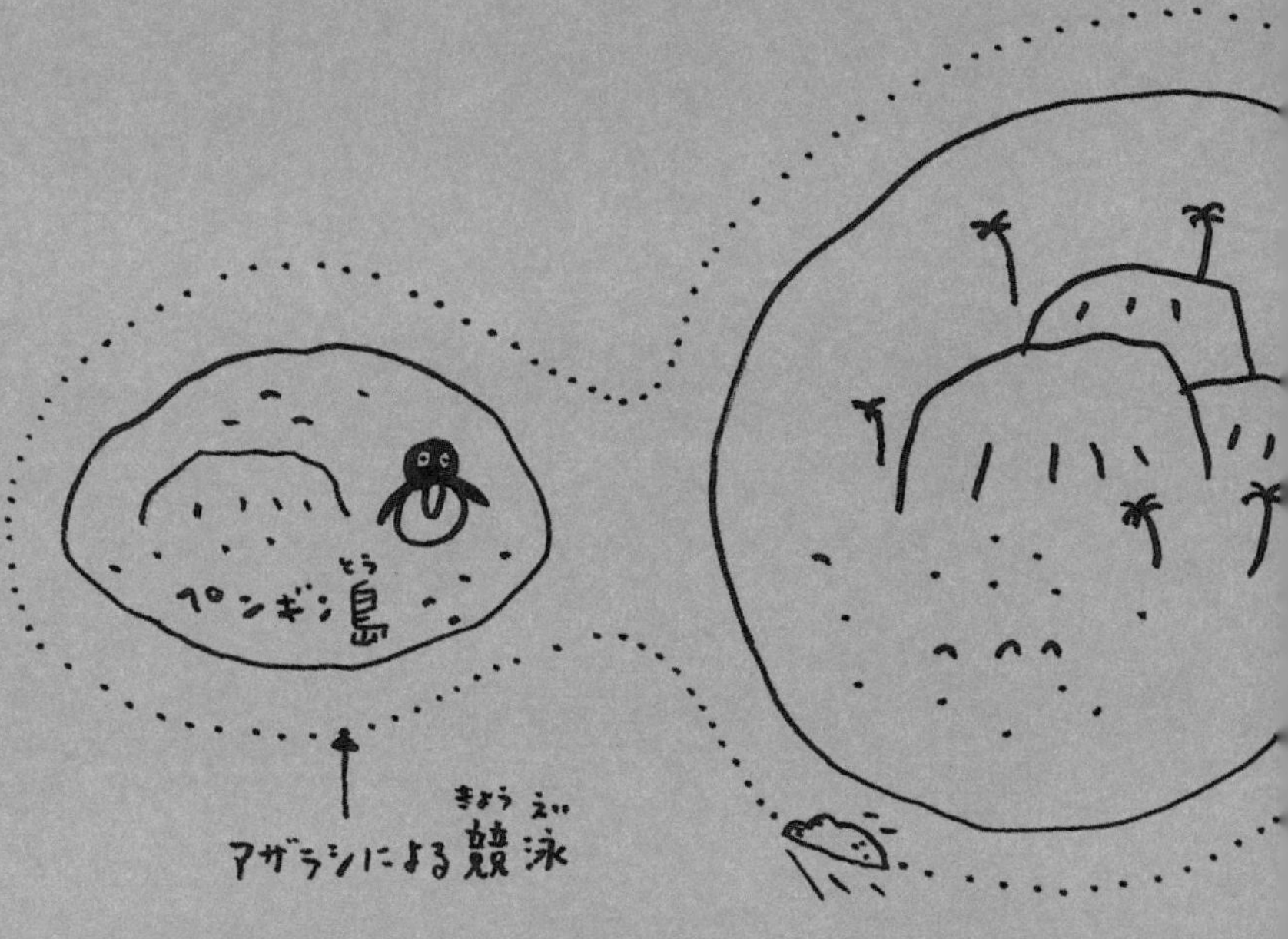
ペンギン島《とう》
アザラシによる競泳《きょうえい》

# クジラ先生《せんせい》は青《あお》がすき

「こんなに天気《てんき》のよい日《ひ》は、ひるねをしたらもったいないぞ。」

クジラ先生《せんせい》は大《おお》きなあくびをすると、ひとりごとをいいました。

クジラ先生《せんせい》は青《あお》い色《いろ》がだいすきで、青《あお》い空《そら》や青《あお》い海《うみ》を見《み》ると、

「しあわせだなあ、生《う》まれてきてよかったなあ。」と、しみじみおもうのです。

年《とし》とったからだをぐんじょう色《いろ》の海《うみ》にうかべ、まっさおにはれた空《そら》に目《め》をむけると、遠《とお》くになにかがとんでいます。

「空《そら》をとぶというのは
どんなものなんじゃろう。
わしもいちどでいいから
青《あお》い空《そら》をとんでみたいなあ。」

クジラ先生《せんせい》は、じぶんが空《そら》をとんでいる
すがたをそうぞうすることにしました。
「空《そら》をとぶには羽《はね》がひつようじゃ。」
とてつもなく大《おお》きなからだに、
これまたとてつもなく大《おお》きな羽《はね》。色《いろ》は？

「もちろん青《あお》！」
青《あお》い羽《はね》で青《あお》い空《そら》をゆうがにとぶ
――そんなじぶんのすがたを
おもいうかべながら
ぼんやりしていると、
またうとうと
してきました。
「ああ、いかんいかん。
ひるねはいかん。
もったいない、もったいない。」

すると、遠《とお》くに見《み》えた空《そら》とぶ物体《ぶったい》がだんだん近《ちか》づいてきました。

「クジラせんせーい。」

クジラ先生《せんせい》が目《め》をこらすと、それはペリカンでした。

ペリカンは空《そら》のゆうびん配達員《はいたついん》で、はたらきものでゆうめいです。海《うみ》のゆうびん配達員《はいたついん》のアザラシとともに、さいきんかんしゃじょうがおくられたばかりです。

「おお、きみだったのか。」

「こんにちは、先生《せんせい》。おひさしぶりです。」

ペリカンは、クジラ先生《せんせい》のとてつもなく大《おお》きなからだにおりたちました。

「ペリカンくん、『先生《せんせい》』というのは
もうやめてくれんか。わしはもう
先生《せんせい》をいんたいしたんじゃ。」
「いんたいしても、
やはり先生《せんせい》は先生《せんせい》ですよ。」とペリカン。
「わしはなあ、その……なんというか、
うむ、ちがうよびかたで
よんでほしいんじゃがの。」
クジラ先生《せんせい》はもじもじしています。
「はあ、なんと？」

「まあ、その、たとえばじゃが、たとえば……

『クジラくん』とか。」

「クジラくん……ですか？」

ペリカンは首《くび》をかしげます。


クジラ先生《せんせい》が「クジラくん」とよんでほしかったのには、わけがあります。

クジラ先生《せんせい》は、しばらくまえまでクジラ岬《みさき》の学校《がっこう》の先生《せんせい》でした。

生徒《せいと》はペンギン島《とう》からりゅうがくしていたペンギンが一羽《いちわ》。

ある日《ひ》、そのペンギンに一通《いっつう》の手紙《てがみ》がとどきました。

どんな手紙《てがみ》かというと、
「ぼくはアフリカにすむキリンといいます。
ながい首《くび》でゆうめいです。きみのことを
おしえてください。」というもの。
それいらい、キリンとペンギンの
文通《ぶんつう》がはじまったのです。ふたりは
「キリンくん」「ペンギンくん」とよびあい、
クジラ先生《せんせい》はひそかに、いいなあとおもっていました。
クジラ先生《せんせい》のだいすきな青《あお》い色《いろ》みたいにさわやかだなあと、
あこがれていたのです。

「おお、そうじゃ、なんなら『クジえもんくん』でもいいぞ。わしは先生《せんせい》になるまでは、そうよばれておったんじゃ。」

「はあ、そうですか。『クジえもんくん』ねえ……」

ペリカンはピンときません。

「あの、やはりですね、クジラ先生《せんせい》はとてつもなくすごいですし、なんてったってふうかくがありますから、『クジラくん』とか『クジえもんくん』っていうのは、どうも……」


クジラ先生《せんせい》がフウカクってなにかなあと考《かんが》えていると、ペリカンがつづけていいました。

「それはそうと、お手紙《てがみ》ですよ。」

ペリカンはクジラ先生《せんせい》あての手紙《てがみ》をさしだしました。

「おお、ありがたい。ところでアザラシ配達員《はいたついん》はどうしたんじゃ？」

「アザラシくんは遠《とお》くまで配達《はいたつ》にいきましたよ。しばらく帰《かえ》ってこられそうにないからとわたしがこのちいきをたのまれたんです。」

ペリカンは胸《むね》をはってこたえました。

「いったいだれが、そんな
遠《とお》くまで配達《はいたつ》をたのんだんじゃ？
かわいそうに。」
クジラ先生《せんせい》はたずねました。
「あのー、クジラ先生《せんせい》じゃ
なかったんですか？」
そうでした。
じつはクジラ先生《せんせい》は、
こんな手紙《てがみ》を山《やま》ほど書《か》いたのです。

水平線《すいへいせん》のむこうに すむ きみへ

わたしはクジラ岬《みさき》にすむ クジラといいます。
からだの ほとんどが、頭《あたま》です。
ですから みんなに、頭《あたま》がいいと いわれます。
あなたのことを おしえてください。

クジラ岬《みさき》 クジラより

「このあたりには、もうほとんど先生《せんせい》の手紙《てがみ》をくばってしまったから、こんかいは遠《とお》くへいくといっていましたよ、アザラシくん。」

「そうじゃった、そうじゃった。」

クジラ先生《せんせい》は、はずかしくなりました。

「ということで、アザラシくんが帰《かえ》ってくるまでは、どうぞわたしにおもうしつけください。では……」

ペリカンは青《あお》い空《そら》にとびたちました。

クジラ先生《せんせい》はさっそく、うけとった手紙《てがみ》をよみはじめました。

クジラ先《せん》生《せい》へ

先《せん》生《せい》、おげんきですか。ぼくはげんきです。

生《せい》徒《と》も、ぼちぼちあつまっています。

でも、おしえるのは、けっこうたいへんです。

クジラ先《せん》生《せい》はやっぱりすごいとおもいます。

おしえるのがとてもじょうずだからです。

ぼくもクジラ先《せん》生《せい》のように、りっぱな先《せん》生《せい》になりたいです。

いつまでもいつまでも、ぼくの先《せん》生《せい》でいてください。

ペンギン島《とう》　ペンギンより

手紙《てがみ》は教《おし》え子《ご》のペンギンからでした。ペンギンはクジラ岬《みさき》の学校《がっこう》をそつぎょうして、ペンギン島《とう》に学校《がっこう》をつくったのです。いまではみんなに、ペンギン先生《せんせい》とよばれています。

「そうかそうか、ペンギンはがんばっとるか。やっぱりわしは『クジラくん』とはよんでもらえんようじゃな。でも、だれかそうよんでくれんかなあ……」

気《き》がつくと、あたりは夕《ゆう》やけ色《いろ》にそまりはじめています。クジラ先生《せんせい》は夕《ゆう》やけがすきではありません。これから夜《よる》だぞーと、いわれているみたいで、なんだかさびしくなるのです。

「はやいとこ、ねてしまおう。」

クジラ先生《せんせい》は大《おお》きなあくびをひとつしたかとおもうと、気《き》もちよさそうに、ねいきをたてはじめました。

# アザラシ配達員《はいたついん》もどる

そのスピード、せいかくさ、まじめなはたらきぶりは、さすがアザラシ配達員《はいたついん》です。
「しばらくはもどれそうにない」とペリカンにはなしていましたが、おもったよりずっとはやく帰《かえ》れそうです。少《すこ》しつかれていますが、もどったらまずは、クジラ先生《せんせい》のところへいくつもりです。

そのころクジラ先生《せんせい》は、山《やま》ほど手紙《てがみ》を書《か》いたのに、どうして返事《へんじ》がこないのだろう、と考《かんが》えていました。
　空《そら》を見《み》あげてもペリカンは
とんでこないし、おまけに
きょうはくもり空《ぞら》。
気分《きぶん》もはれません。
ひるねでもするかなあ、
と考《かんが》えていると、
「クジラ先生《せんせい》、アザラシ配達員《はいたついん》
ただいまもどりました。」
　耳《みみ》なれた、まじめな声《こえ》がきこえました。

「おお、おお、ごくろうじゃった。
遠《とお》くまでいかせてわるかった。」
クジラ先生《せんせい》は手紙《てがみ》の返事《へんじ》を
きたいしていました。
はたして、あるのでしょうか――？

「先生《せんせい》、お返事《へんじ》いただいてきました。」
「ほ、ほんとうか？　そりゃあめでたい！」
アザラシから返事《へんじ》をうけとると、
クジラ先生《せんせい》の心《こころ》はまっさおに

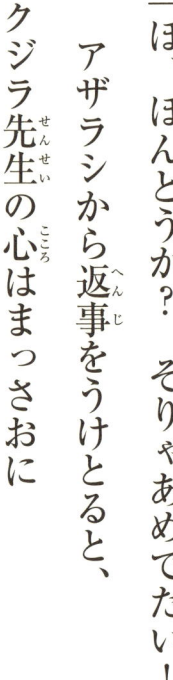

はれわたりました。
「それでは、またいつでもどうぞ。」
そういうとアザラシは
ものすごいスピードでいってしまいました。

クジラ先生《せんせい》はどきどきしています。
クジラ先生《せんせい》がいちどもらってみたかったのが、
見《み》しらぬだれかからの手紙《てがみ》。
こういうどきどきを
けいけんしてみたかったのです。

「どこのだれからかな？」
ふうとうのおもてには「クジラみさき　クジラさんへ」、
ひっくりかえすとうらには「オットッ島《とう》　くーぼー」と
にょろにょろした字《じ》で書《か》いてあります。
オットッ島《とう》がどこなのか、くーぼーがだれなのか、
さっぱりわかりません。
「よしよし、わくわくしてきたぞ。」
しんこきゅうして、ふうをあけます。

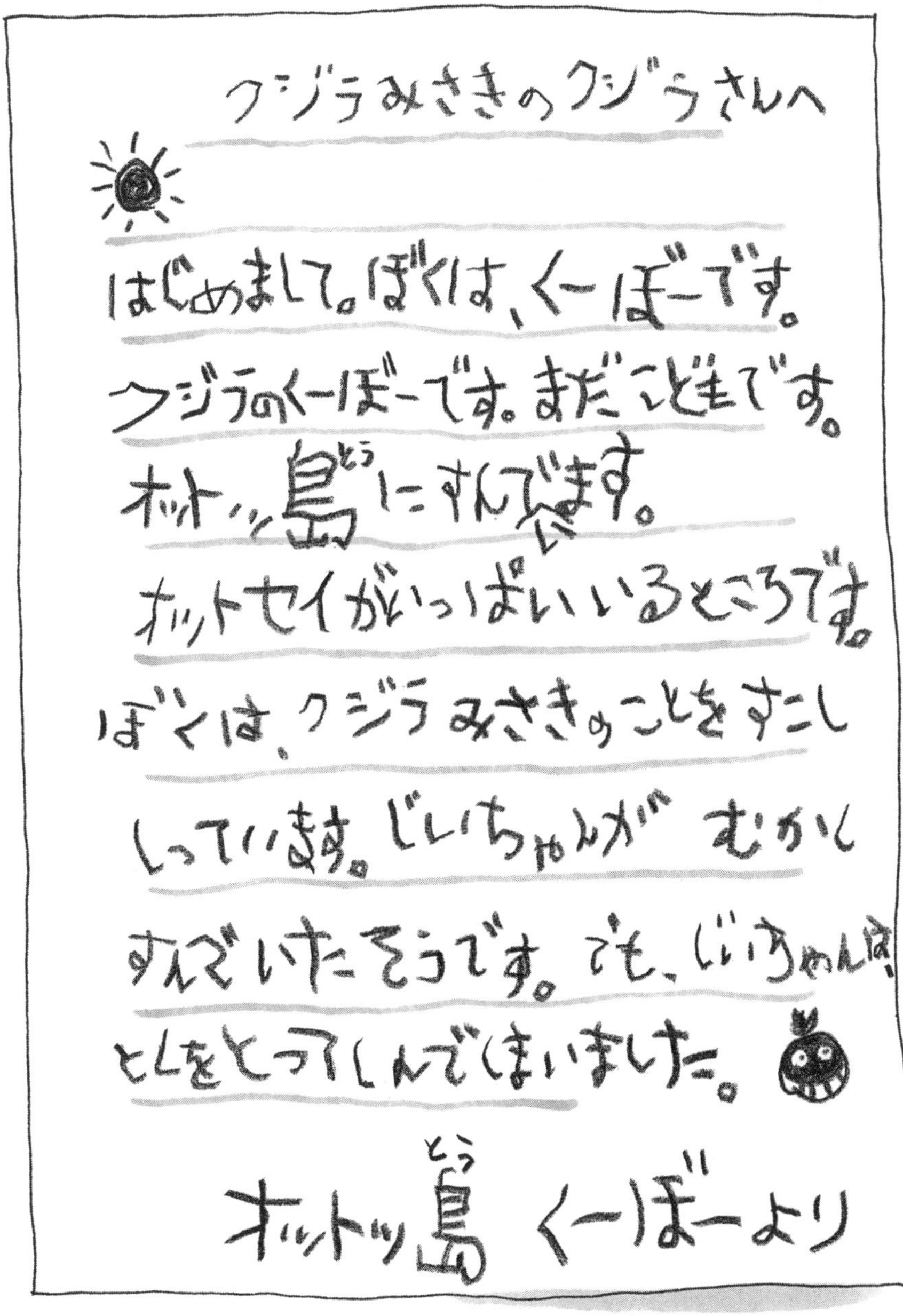
クジラみさきのクジラさんへ

はじめまして。ぼくは、くーぼーです。
クジラのくーぼーです。まだこどもです。
オットッ島《とう》にすんでいます。
オットセイがいっぱいいるところです。
ぼくは、クジラみさきのことをすこし
しっています。じいちゃんが むかし
すんでいたそうです。でも、じいちゃんは、
としをとってしんでしまいました。

オットッ島《とう》 くーぼーより

クジラ先生《せんせい》は、ふつうならあうことができない動物《どうぶつ》や、
じぶんとはにてもにつかない
動物《どうぶつ》からの返事《へんじ》をきたいしていました。
「オットッ島《とう》」というのは
はじめてききますが、「くーぼー」は
じぶんとおなじクジラでした。でも、
くーぼーのおじいさんが
クジラ岬《みさき》にすんでいたとあっては、
もういてもたってもいられません。
さっそくもういちど手紙《てがみ》を書《か》きました。

オットッ島《とう》のくーぼーへ
きみの　おじいさんのことを
おしえてください。
もしかすると、わしの
しりあいかも　しれません。
クジラ岬《みさき》　クジラより

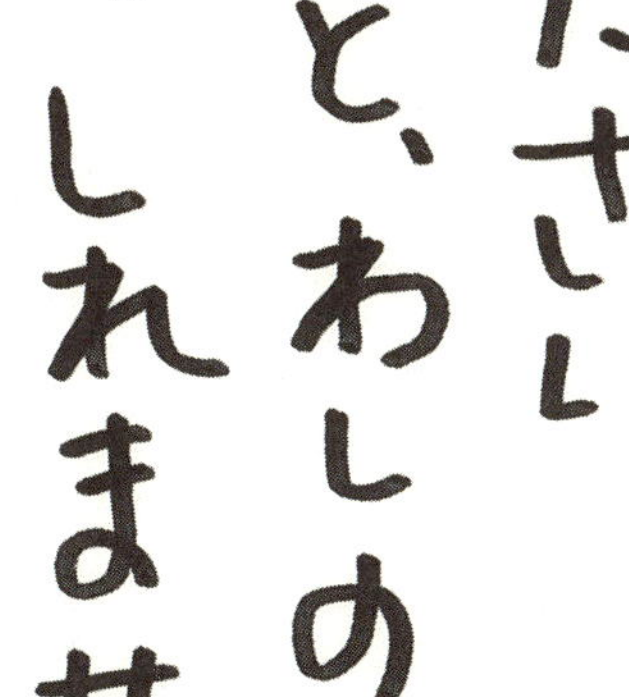

# くーぼーのおじいさん

クジラ先生《せんせい》が「もしかすると」と書《か》いたのは、まったくしらない、かのうせいもあるからです。

なぜかというと、クジラ先生《せんせい》のすんでいるクジラ海《かい》には、むかし、ものすごくたくさんのクジラがすんでいました。海《うみ》がまっ黒《くろ》に見《み》えるほどたくさんです。だからクジラ海《かい》とよばれ、そこにつきでた岬《みさき》をクジラ岬《みさき》とよぶようになったのです。すべてのクジラをしるなんて、あのころはむりな話《はなし》でした。

クジラ岬《みさき》
むかしは
こんなに
たくさん いた。

ではどうして、いまはこの年《とし》とったクジラ先生一頭《せんせいいっとう》だけになってしまったのでしょう。

それはクジラがふえすぎて、食《た》べるものがたりなくなったためでした。しかたなく、クジラたちは家族《かぞく》ごとにほかの海《うみ》へとうつっていきました。でもクジラ先生《せんせい》の家族《かぞく》は、ここへのこることになりました。当時《とうじ》は生《い》きていたクジラ先生《せんせい》のおじいさんもおばあさんもやがていなくなり、お父《とう》さんもお母《かあ》さんも年《とし》とってしんでしまいました。クジラ先生《せんせい》は独身《どくしん》でしたから、とうとうひとりぼっちになってしまったというわけです。

いつものように
アザラシ配達員《はいたついん》に配達《はいたつ》を
たのんだクジラ先生《せんせい》は、
返事《へんじ》がくるまで、
クジラがいっぱいだった
ころのことを、
なつかしくおもいだしていました。

しばらくして、くーぼーからの
返事《へんじ》がもどってきました。

クジラみさきのクジラさんへ

ぼくのじいちゃんは、クジラみさきオリンピックのせんしゅでした。

でもいつも、ぎんメダルだったそうです。

ものすごくおおきなクジラがいて、

きんメダルはいつも そのクジラが

もらっていたそうです。

ぼくも、クジラみさきオリンピックが

みたかったです。

オットッ島《とう》 くーぼーより

クジラ岬《みさき》オリンピックというのは、クジラ岬《みさき》にまだたくさんのクジラがいたころ、やっていた競技会《きょうぎかい》です。クジラだけでなくアザラシやペンギンも参加《さんか》しました。クジラたちはしおふきできそいあいました。いちばんいせいよく、しかもうつくしくしおをふいたクジラが、金《きん》メダルをもらいました。

いつも銀《ぎん》メダル――。ひょっとしてクー助《すけ》のことか？　ものすごく大《おお》きなクジラというのは、まちがいなくじぶんのことです。

「そうか、くーぼーはクー助《すけ》の孫《まご》じゃったか……」

クジラ先生《せんせい》は金《きん》メダルをじぶんが、
クー助《すけ》が銀《ぎん》メダルを
もらったときのことを
はっきりおぼえています。
ふたりはライバルであり親友《しんゆう》でした。
でもそのクー助《すけ》も、もういないのです。
あのころのなかまはだれひとり
のこっていないのかもしれません。
なにしろとてつもなく長《なが》い時間《じかん》を
生《い》きてきたのですから――。

すると、ぼんやりしていた
クジラ先生《せんせい》の耳《みみ》に、
かすかな声《こえ》がきこえてきました。
耳《みみ》をすますと、だんだんと
近《ちか》づいてくるのがわかります。
だれかはわかりませんが、
声《こえ》はこういっているようです。
「おーい、おーい、
クジえもーん、
クジえもーん……」

# クジラ岬《みさき》のクラス会《かい》

波《なみ》をかきわけるようにして、大《おお》きな黒《くろ》いかたまりがこちらにむかってやってきます。

よく見《み》ると、それは数頭《すうとう》のクジラたちでした。クジラ先生《せんせい》は目《め》をうたがいました。なぜならかれらは、クジラ先生《せんせい》のむかしのなかまだったからです。

「おーい、クジえもーん、おーい、おーい。」

いちばん手前《てまえ》にいるのはジーラでした。かつての

銅《どう》メダル選手《せんしゅ》です。

「手紙《てがみ》、よんだぞー。」

つぎに見《み》えたのはクジロウ。ジーラの弟《おとうと》です。

そして少《すこ》しおくれてもう一頭《いっとう》……。

「あれはだれじゃ?」

「クジえもんくーん、クジえもんくーん。」

――クジえもんくん? クジラ先生《せんせい》はどきりとしました。

よく見《み》ると、それはクジラ先生《せんせい》の初恋《はつこい》の

「ミス・クジラ岬《みさき》」でした!

もちろん、もうかなりのおばあさんになっていましたが……。

「いったい、みんなどうしたんじゃ?」

　クジラ先生《せんせい》はうれしいのとびっくりで、声《こえ》がうわずっています。

「おまえさんが書《か》いた手紙《てがみ》をよんで、みんなであつまろうってことになったわけさ。」

　ジーラがいいました。

「クジえもんはあいかわらず、でかいなあ。」とクジロウ。

「みんなかわってないわ。ほんの少《すこ》し年《とし》をとったけど。」

　ミス・クジラ岬《みさき》がいうと、みんなわらいました。

「生《い》きてたんだなあ。みんなげんきでうれしいよ。」

なつかしくって、なつかしくって、なみだがでるほどでした。

そういえば、クジラ先生《せんせい》はもうずいぶん長《なが》いこと、ほかのクジラを見《み》ていなかったのです。

当時《とうじ》のなかまはあと一頭《いっとう》。それはクー助《すけ》でした。

「みんな、クー助《すけ》をおぼえているじゃろ?」

クジラ先生《せんせい》は、みんなにくーぼーのことをはなしました。

日《ひ》がくれて夜《よる》になっても、話《はなし》はつきません。

みんながわかくて、げんきいっぱいだったころの話《はなし》ばかりです。

するとジーラがいいました。
「おい、いいことを考《かんが》えたぞ。」
みんながジーラに注目《ちゅうもく》します。
「もういちどクジラ岬《みさき》オリンピックを
やってみないか?」
「でも、わしらはもうずいぶん
年《とし》をとってしまったよ。」
クジラ先生《せんせい》がいいました。
「おれたちがやることはないさ。
わかいもんたちがやるのさ。」とジーラ。

みんなの目《め》がかがやきました。

「さんせい！」

ミス・クジラ岬《みさき》がいいました。

「じゃあ、さっそく相談《そうだん》だ。」

クジロウもやる気《き》まんまんです。

クジラ先生《せんせい》はもう金《きん》メダルはもらえないけれど、なんだか
あたらしい力《ちから》がわいてくるのを感《かん》じました。

夜《よ》が明《あ》けるとさっそく、くーぼーに手紙《てがみ》を書《か》きました。

オットッ島《とう》のくーぼーへ

ひさしぶりにクジラ岬《みさき》オリンピックをやることにしました。いま、なかまたちと相《そう》談《だん》をしているところです。きみにも、ぜひさんかしてほしいです。くわしいことがきまったら、れんらくします。

きみにあえる日《ひ》をたのしみにしています。

むかし金《きん》メダルせんしゅ、
いまは ただのおじいさんクジラより

# じゅんび開《かい》始《し》

さっそくクジラ岬《みさき》やその近《ちか》くに、クジラたちのつくったポスターがはられ、チラシもくばられました。

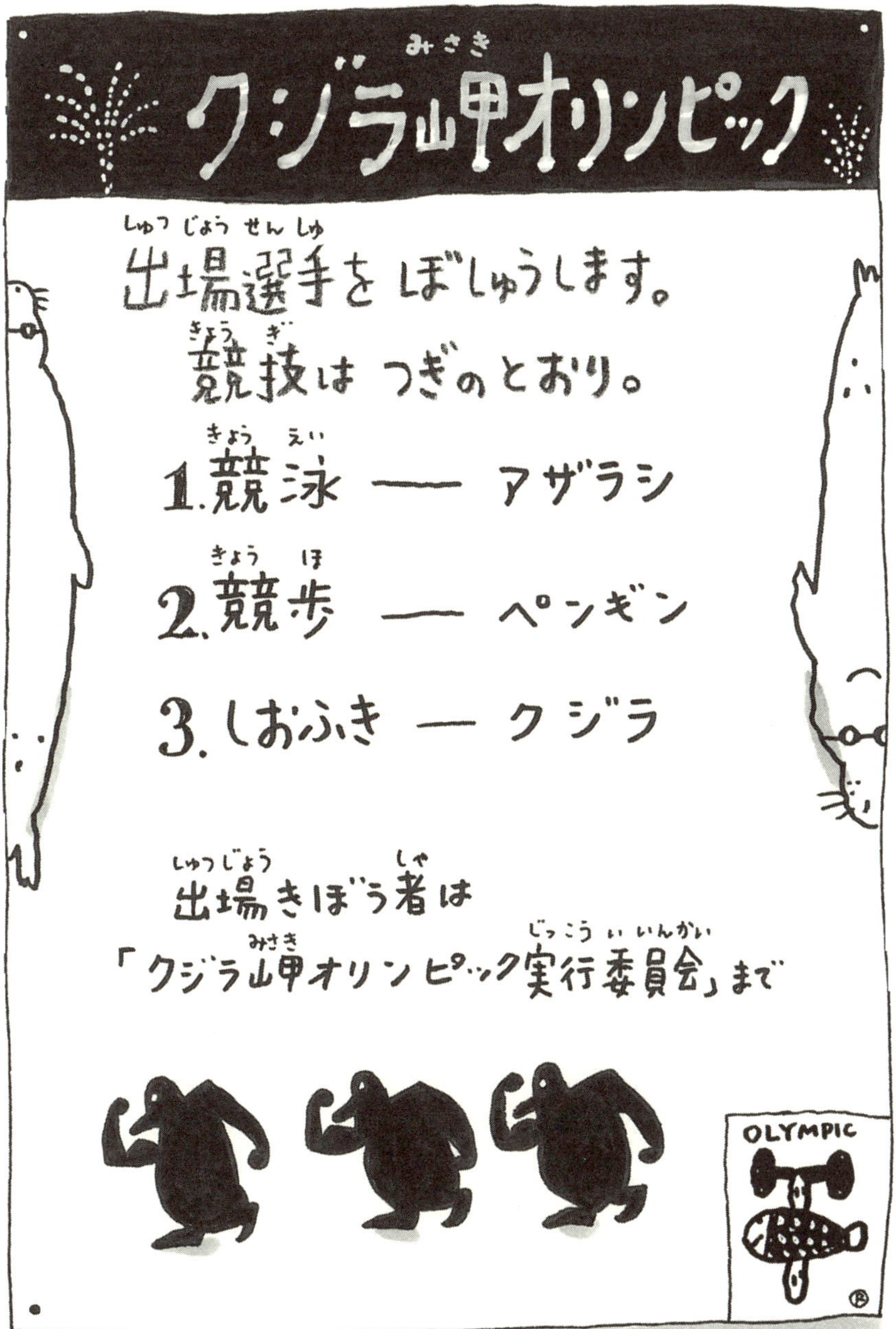

クジラ岬《みさき》オリンピック
出場選手《しゅつじょうせんしゅ》を ぼしゅうします。
競技《きょうぎ》は つぎのとおり。
1.競泳《きょうえい》 ― アザラシ
2.競歩《きょうほ》 ― ペンギン
3.しおふき ― クジラ
出場《しゅつじょう》きぼう者《しゃ》は
「クジラ岬《みさき》オリンピック実行委員会《じっこういいんかい》」まで
OLYMPIC

それを見《み》て、ぞくぞくと出場《しゅつじょう》をきぼうするものが
あつまってきました。クジラたちは大《おお》はりきり。
くーぼーもオットッ島《とう》を出発《しゅっぱつ》しました。アザラシ配達員《はいたついん》の
あんないで、クジラ岬《みさき》へむかいます。はじめて見《み》る、
じいちゃんの生《う》まれ故郷《こきょう》です。
ペンギン島《とう》からは、おうだんまくをもってペンギンたちが
やってきました。

ペンギン島学校《とうがっこう》の生徒《せいと》たちがつくった、このおうだんまくには
「クジラ岬《みさき》オリンピック」と書《か》かれています。

クジラ岬《みさき》オリンピック

来《らい》ひんとしてまねかれたのは、ペンギン先生《せんせい》の親友《しんゆう》、キリンです。このキリンも、もうアフリカを出発《しゅっぱつ》したはずです。

むかしほどではないにしろ、クジラ海《かい》に多《おお》くのクジラがもどってきました。
クジラ岬《みさき》オリンピックを経験《けいけん》したものはほとんどいませんが、みんな親《おや》や親《しん》せきからオリンピックのことを伝《つた》えきいていました。

クジラたちは、連日《れんじつ》おそくまでじゅんびに追《お》われていました。プログラムのこと、会場《かいじょう》のこと、ルールのこと……。いそがしいけれど、みんなこんなにたのしいのはひさしぶりのことです。

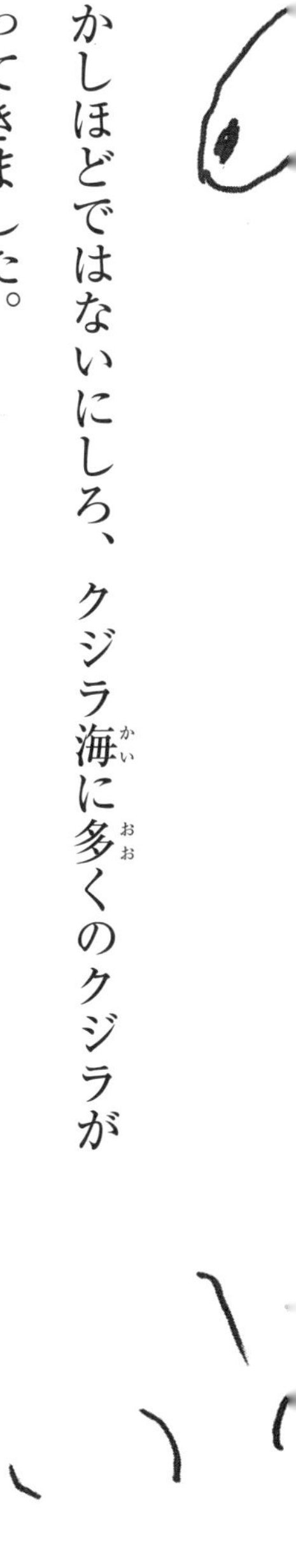

「クジラ先生《せんせい》、お客《きゃく》さまです。」

そこへあらわれたのはアザラシ配達員《はいたついん》です。

クジラ先生《せんせい》がふりかえると、
そこには小《ちい》さな小《ちい》さなクジラがいました。

「くーぼーかい？」

「は、はい。」

小《ちい》さなくーぼーは、クジラ先生《せんせい》の
あまりの大《おお》きさに、びっくりしています。

「よくきたなあ。父《とう》さんと母《かあ》さんは？」

先生《せんせい》はやさしくたずねました。

「ぼ、ぼく、ひとりできました。」

くーぼーは、ずいぶんきんちょうしています。

「えらいわね、ぼうや。つかれたでしょう？」

ミス・クジラ岬《みさき》がいいました。

「きみのおじいさんのこと、よくしってるぞ。
友《とも》だちだったんだ。」

ジーラがいいます。

くーぼーの表情《ひょうじょう》がぱっと明《あか》るくなりました。

「そう、ぼくらはなかよしだったんだよ。」

クジロウがにこにこしていいました。

大《おお》きな大《おお》きなクジラたちは、くーぼーのじいちゃんのことを、かわるがわるはなしてくれました。じいちゃんは金《きん》メダルこそとれなかったけれど、それはそれは男《おとこ》らしい、強《つよ》いクジラだったそうです。それだけでなく、とっても心《こころ》のやさしいクジラでもあったと。

くーぼーはクジラ岬《みさき》にきてほんとうによかったとおもいました。そして、じぶんもじいちゃんみたいなクジラになろうときめました。

その夜《よ》くーぼーは、大《おお》きなクジラたちにかこまれてねむりました。そして、じいちゃんの夢《ゆめ》を見《み》ました。

# クジラ岬《みさき》オリンピック

ついにやってきました。そうです。きょうはまちにまった
クジラ岬《みさき》オリンピックの日《ひ》です。
天気《てんき》は快晴《かいせい》。雲《くも》ひとつなし。いうことなし！
ペンギン特製《とくせい》のおうだんまく、ＯＫ《オーケー》。
来《らい》ひん席《せき》にはキリン、ＯＫ《オーケー》。
金《きん》メダル、銀《ぎん》メダル、銅《どう》メダルのじゅんび、ＯＫ《オーケー》。
お客《きゃく》さん、いっぱい、ＯＫ《オーケー》、ＯＫ《オーケー》。

進行役《しんこうやく》はクジラ先生《せんせい》の教《おし》え子《ご》、ペンギン先生《せんせい》です。
「ただいまより、クジラ岬《みさき》オリンピックをはじめます。
まずは実行委員長《じっこういいんちょう》、クジラ先生《せんせい》による開会《かいかい》のことばです。」

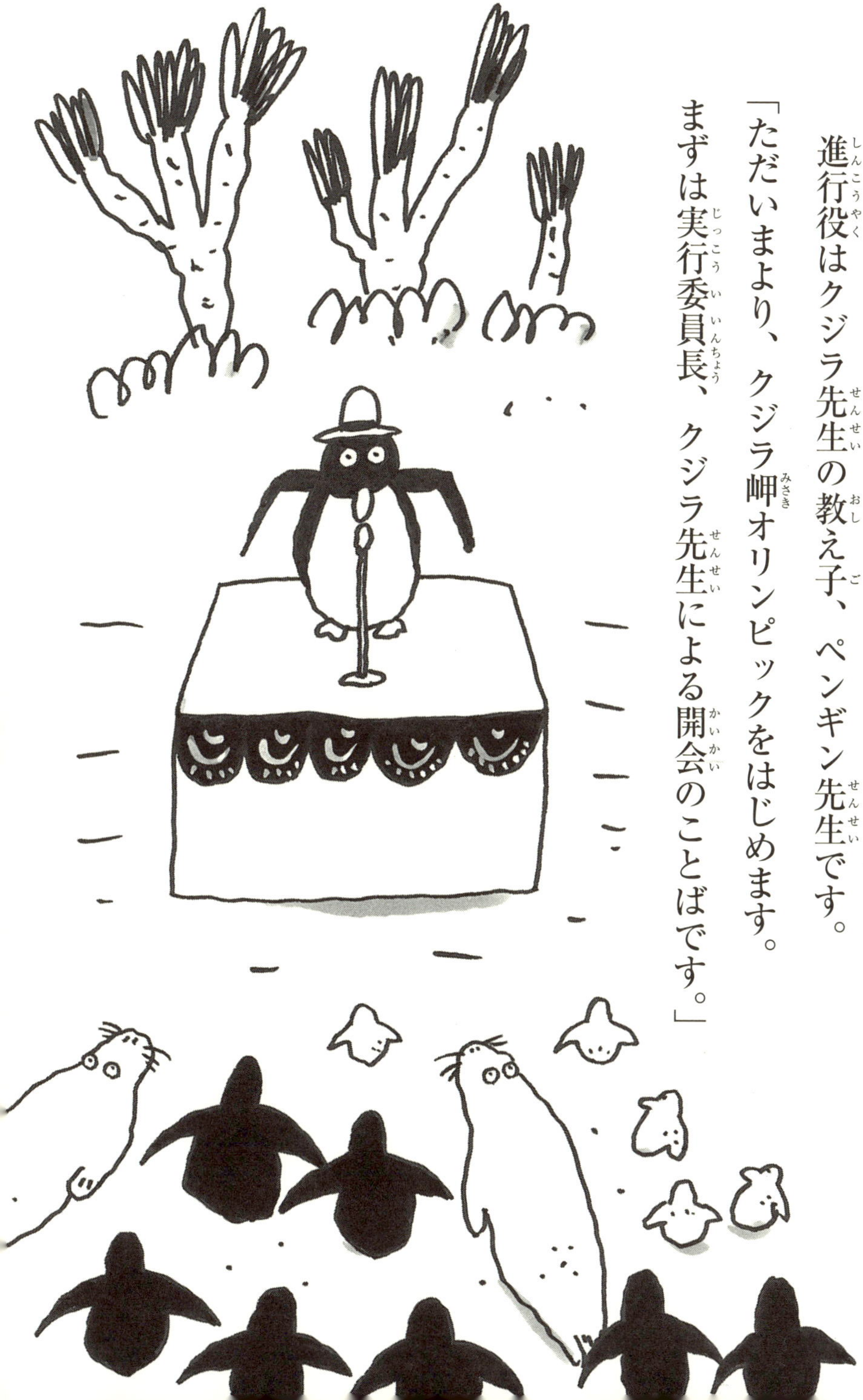

「えー、みなさん、本日《ほんじつ》は、
いつにもまして空《そら》が青《あお》いです。
海《うみ》も青《あお》いです。わしはうれしいです。
ふたたびクジラ岬《みさき》オリンピックが
できるのもうれしいです。
みなさんにとっても、
きょうがうれしい日《ひ》になると、
わしはもっとうれしいです。
きっとそうなるとおもいます。あいさつおわります。」
パチパチ、パチパチパチ……はくしゅがおこります。

「つぎは、来《らい》ひんあいさつです。キリンくんどうぞ。」
キリンが立《た》ちあがると、その背《せ》の高《たか》さにみんな
びっくりしています。

「みなさんこんにちは。ぼくはアフリカにすむキリンといいます。ペンギンくんの親友《しんゆう》です。本日《ほんじつ》はおまねき、たいへんありがとうございます。ぼくはきょう、いっぱいたのしもうとおもっています。みなさんもいっぱいたのしんでください。あいさつおわります。」

パチパチ、パチパチ、パチパチ、パチパチ。

生《う》まれてはじめてキリンを見《み》るものは、大《おお》はしゃぎです。

「それでは、選手《せんしゅ》せんせいです。アザラシくんどうぞ。」

選手《せんしゅ》せんせいには、いつもまじめなアザラシ配達員《はいたついん》がえらばれました。

「せんせい！　わたくしたちは、正々堂々《せいせいどうどう》と競技《きょうぎ》をし、たがいに応援《おうえん》しあい、いっぱいたのしみ、きょうをうれしい日《ひ》にすることをちかいます。選手代表《せんしゅだいひょう》、アザラシ配達員《はいたついん》。」

ひときわ大《おお》きいはくしゅがおこり、いよいよ競技《きょうぎ》のはじまりです。

オリンピック
OLYMPIC

クジラ

「プログラム一番《いちばん》。アザラシによる競泳《きょうえい》です。スタートはクジラ岬西《みさきにし》がゴールです。クジラ岬東《みさきひがし》です。ペンギン島《とう》をまわってクジラ岬西《みさきにし》がゴールです。選手《せんしゅ》はスタート地点《ちてん》についてください。」

競泳《きょうえい》に出場《しゅつじょう》するアザラシは十頭《じっとう》。スピードに自信《じしん》のあるもの、持久力《じきゅうりょく》に自信《じしん》のあるもの、どちらにも自信《じしん》のないもの……。いろいろな選手《せんしゅ》がそろいました。

「ようい……スタート！」

ペンギン先生《せんせい》の声《こえ》がひびきわたります。

空《そら》からのじっきょうをペリカンがかってでました。

「いっせいにスタートしました。
ならんでいます。
ならんでいます。
みんな、はやい、
はやい。あっ、
一頭《いっとう》とびだしました！
あれは――
アザラシ配達員《はいたついん》です。
やはりはやいです。
のこりの九頭《きゅうとう》、もつれています。

アザラシ配達員《はいたついん》は
とびぬけてはやい、はやい。
はやくもペンギン島《とう》にとうちゃく。
これから時計《とけい》まわりに
島《しま》を一周《いっしゅう》します。波《なみ》にのっています。
あとの九頭《きゅうとう》はほとんどいっしょです。
あっ、一頭《いっとう》おくれた！　おくれました。
かなりつかれているようです。
苦《くる》しそうです。
八頭《はっとう》はもう少《すこ》しで島《しま》にとうちゃく。

アザラシ配達員《はいたついん》、半周《はんしゅう》まわった。
スピードはまったくおちません。
八頭《はっとう》、島《しま》をまわりはじめました。
いま、アザラシ配達員《はいたついん》
まわりおえました。
これよりゴールのクジラ岬西《みさきにし》に
むかいます。
あっとうてきなはやさです。
さいごの選手《せんしゅ》は、これから
島《しま》にむかうところです。

この選手《せんしゅ》、たいへんつかれています。
なんとかがんばってほしいものです。
あっ、アザラシ配達員《はいたついん》の泳《およ》ぎが
とまりました。どうしたのでしょう？
あれっ、アザラシ配達員《はいたついん》、島《しま》のあいだを
横《よこ》ぎって泳《およ》ぎはじめました。これは
きめられたコースではありません。
いったいどういうことでしょうか。
あっ、さいごの選手《せんしゅ》に近《ちか》づきました。
声《こえ》をかけているようです。

あっ、いっしょに泳《およ》ぎだしました。
いっしょにもういちど
島《しま》をまわるようです。
八頭《はっとう》が島《しま》をまわりおえ、
これからゴールめざします！
いま一頭《いっとう》ゴールインしました！
つぎつぎにゴールインです。
だいぶおくれて、さいごの二頭《にとう》が
ゴールイン。なんと、アザラシ配達員《はいたついん》は
十着《じっちゃく》でゴールインです。」

アザラシ配達員《はいたついん》は、
おくれた一頭《いっとう》をはげましながら泳《およ》ぎました。
こうして十頭《じっとう》がみな泳《およ》ぎきりました。アザラシ配達員《はいたついん》は
にこにこしています。ほんとうにうれしそう。

「プログラム二番《にばん》、ペンギンの競歩《きょうほ》です。本部《ほんぶ》まえがスタートで、クジラ岬北《みさききた》がゴールです。位置《いち》についてください。」

進行役《しんこうやく》がクジロウにかわったようです。

競歩《きょうほ》に参加《さんか》するペンギンはぜんぶで二十羽《にじっぱ》。

大《おお》きいのやら小《ちい》さいのやら、さまざまなペンギンたちです。このうちペンギン島学校《とうがっこう》の生徒《せいと》が十羽《じっぱ》います。

あれ？　ペンギン先生《せんせい》は出場《しゅつじょう》しないようですね。どうやら生徒《せいと》たちの応援《おうえん》をするらしいです。

「ようい……スタート！」

「きれいなスタートです。
ぺたぺた、ぺたぺた……
みじかい足《あし》がこまかくうごきます。
はやいです。おもったより
ずっとはやいです。
これはおどろきです。
あっ！　選手《せんしゅ》たちのよこを、
応援《おうえん》のペンギン先生《せんせい》が
すすんでいきます。
大《おお》きなはたをふっています。

はたに描《か》いてあるのは
ペンギン島《とう》学校《がっこう》のマークでしょうか。
手《て》づくりのようです。
先生《せんせい》、かなりはやいです。
二十羽《にじっぱ》がほぼ一線《いっせん》になって
すすんでいきます。
あっ、とびだした！
とびだしたのは
ペンギン島《とう》学校《がっこう》の生徒《せいと》のようです。
ひきはなしにかかります。

しかし、まだわからない、
まったくわかりません。
ペンギン先生《せんせい》もがんばっています。
先生《せんせい》もかわらずはやいです。
ペンギン先生《せんせい》が大声《おおごえ》で応援《おうえん》しながら、
はたをバサンバサンとふっています。
あっ、ゴールが見《み》えてきました。
あ――っ、こ、ころんだ、
ころんだ、ころんでしまいました！
ころんだのは、ペンギン先生《せんせい》です。

応援《おうえん》している先生《せんせい》がころびました。
はたをふんづけちゃったようです。
あっ、かけよる、かけよる、
生徒《せいと》たちが先生《せんせい》にかけよります！
競技《きょうぎ》そっちのけで
ペンギン先生《せんせい》にかけよります。
いえ、生徒《せいと》たちだけではありません。
ほかの選手《せんしゅ》もかけよりました。
二十羽全員《にじっぱぜんいん》が先生《せんせい》にかけよった！
先生《せんせい》はだいじょうぶでしょうか？

あっ、だいじょうぶのようです。
おきあがりました。
競技《きょうぎ》再開《さいかい》か？　あれ？
ペンギン先生《せんせい》を
かつぎあげました。
みんなが先生《せんせい》をかつぎあげ、
すすみはじめたではありませんか！
ペンギン先生《せんせい》は……
はたをふっています！
そのままゴールイン!!」

われんばかりのはくしゅが
クジラ岬《みさき》におこりました。
ペリカンは、とてもこうふんして
じっきょうをしていましたから、
ゼイゼイ、ハアハアしています。
「ペンギンも、いちにんまえの
先生《せんせい》になったんだなあ。」
クジラ先生《せんせい》は、生徒《せいと》たちに
愛《あい》されているペンギン先生《せんせい》を見《み》て、
うれしくなりました。

「いよいよクライマックス。おまちかねのクジラによるしおふきです。参加選手《さんかせんしゅ》はクジラ岬北《みさききた》に集合《しゅうごう》してください。」

　応援《おうえん》をおえたペンギン先生《せんせい》がもどってきました。審査員《しんさいん》は、ジーラ、クジロウ、ミス・クジラ岬《みさき》、そしてクジラ先生《せんせい》です。

　クジラ海《かい》には、ひさしぶりにクジラがひしめいています。

　クジラ先生《せんせい》はその光景《こうけい》を、目《め》をほそめて見《み》ています。

「これでこそクジラ海《かい》ね。」

　ミス・クジラ岬《みさき》がいいました。

「これより予選《よせん》をはじめまーす。」
ペンギン先生《せんせい》が海《うみ》にむかってさけびました。
まず、あつまったクジラたちを五組《ごくみ》にわけて予選《よせん》をします。
その中《なか》からえらばれた五頭《ごとう》が決勝《けっしょう》にすすめます。
しおふき競技《きょうぎ》は、いせいのよさ、うつくしさをきそいます。
クジラ海《かい》に、つぎつぎとしおがふきあげられます。

シューッ、ドーッ、
シャーッ、
ピューッ、ドドーン……

まわりで見《み》ているみんなは、手《て》をたたいて大《おお》よろこび。

なにしろ、おもったよりたくさんのクジラがあつまりましたから、予選《よせん》もけっこう時間《じかん》がかかりました。それでも一組目《ひとくみめ》、二組目《ふたくみめ》……と、じょじょに決勝進出者《けっしょうしんしゅつしゃ》がきまっていきます。

「それでは五組目《ごくみめ》の予選《よせん》をはじめます。」

この組《くみ》には、くーぼーがいます。

みんなが見《み》つめるなか、まず一番《いちばん》の選手《せんしゅ》がしおをふきました。

審査員《しんさいん》がそれぞれ採点表《さいてんひょう》に書《か》きこんでいます。

二番目《にばんめ》、三番目《さんばんめ》、四番目《よんばんめ》……十番目《じゅうばんめ》、
いよいよ、くーぼーの番《ばん》がきました。

「じいちゃん、いくよ。」
くーぼーは心《こころ》の中《なか》でそういうと、
力《ちから》いっぱいしおをふきました。
ピューシュルシュルシュル……
小《ちい》さいくーぼーの
いっしょうけんめいなすがたに、
たくさんの声援《せいえん》がおくられました。
くーぼーは決勝《けっしょう》には
すすめませんでしたが、
とってもすがすがしい顔《かお》をしています。

決勝《けっしょう》にのこった
五頭《ごとう》のクジラたちによる
しおふきは、
それはみごとでした。
「クジラのしおふきをもって
全競技《ぜんきょうぎ》はおわりです！」
ペンギン先生《せんせい》がそういうと、
クジラ岬《みさき》は
みんなの大歓声《だいかんせい》と
はくしゅにつつみこまれました。

# 表彰式《ひょうしょうしき》

「これより、表彰式《ひょうしょうしき》をおこないます。」
ペンギン先生《せんせい》がいいました。
みんなの視線《しせん》が表彰台《ひょうしょうだい》にそそがれます。
まず、競泳《きょうえい》の一位《いちい》から三位《さんい》までじゅんに
メダルがわたされました。
アザラシ配達員《はいたついん》は、かれらに
おしみないはくしゅをおくっています。

「つぎは競歩《きょうほ》です。これについては
審査員長《しんさいんちょう》よりお話《はなし》が
あります。」
ペンギン先生《せんせい》は
てれくさそうにいいました。
だって、じぶんがころんだせいで、
おかしなことに
なっちゃったんですから。
「えー、この競技《きょうぎ》は
おもわぬハプニングが

ありまして、
審査員《しんさいん》でけんとうした結果《けっか》、
みんながいっしょに
ゴールしたので、
全員《ぜんいん》に金《きん》メダルをおくります。
ただし、メダルの大《おお》きさが
うんと小《ちい》さくなります。」
審査員長《しんさいんちょう》ジーラがいいました。
「やったー、ばんざーい！」
ペンギンたちがとびあがっています。

「さいごに、しおふきの結果《けっか》を発表《はっぴょう》します。
審査員長《しんさいんちょう》ジーラさん、おねがいします。」
ジーラの発表《はっぴょう》を、みんな息《いき》をのんでまちます。
「それでは発表《はっぴょう》いたします。
銅《どう》メダルはクックくんに、銀《ぎん》メダルはクジのすけくんに、
そしてみごと金《きん》メダルにかがやいたのは、
クジラスくんです！」
わあ――！　という歓声《かんせい》。
金《きん》メダルをもらったクジラスが、もういちど空高《そらたか》くしおを
ふくと、うつくしい虹《にじ》がかかりました。

「実行委員長《じっこういいんちょう》より閉会《へいかい》のことばです。クジラ先生《せんせい》どうぞ。」
　クジラ先生《せんせい》はもう、むねがいっぱいでした。
みんなにあえたこと、クジラ岬《みさき》オリンピックができたこと、
ひとつひとつの競技《きょうぎ》がすばらしかったこと——。
「みなさん、うれしい日《ひ》になりましたか？
わしは、とっても、とっても、とってもうれしい日《ひ》になりました。
クジラ岬《みさき》オリンピックをやって、ほんとうによかったです。
ありがとう。
これでクジラ岬《みさき》オリンピックをおわります！」

あらしのようなはくしゅが、クジラ先生《せんせい》におくられました。
うれしくてたまらない先生《せんせい》の目《め》から、ひとつぶの
（とてつもなく大《おお》きいひとつぶですけど）なみだがこぼれました。
空《そら》と海《うみ》がうつった青《あお》いなみだでした。

のこってもいいですか？

会場《かいじょう》がすっかりかたづき
みんなが帰《かえ》ったあとも、
クジラ先生《せんせい》のなかまたちと
くーぼーは、まだクジラ岬《みさき》にいました。

「ぼうや、きみのしおふき、
なかなかみごとだったよ。」

クジロウがいいました。
「しょうらいはきっと
金《きん》メダルがもらえるぞ。」とジーラ。
「きれいなしおふきだったわね。」
ミス・クジラ岬《みさき》もいいました。
「わしはクー助《すけ》のしおふきを
おもいだしたよ。さすがは
クー助《すけ》の孫《まご》じゃ。」
クジラ先生《せんせい》はもういちど
クー助《すけ》にあいたかったなあとおもいました。

みんなで、ぼんやりと夕日《ゆうひ》をみつめていると、

「わかれがたいなあ。」

ジーラがいいました。

「まったくだよ。」

クジロウもいいました。

「どうじゃ、いっそのこと、みんなここへのこったら。」

クジラ先生《せんせい》がいいました。

「そうしたいところだが、もうすぐひ孫《まご》が生《う》まれるんだ。」

クジロウがこたえます。

「うちは孫《まご》とひ孫《まご》が、しおふきをおしえてくれって

いうもんだから。」とジーラ。
クジラ先生《せんせい》、さびしそうです。
すると、くーぼーがいいました。
「あの、ぼく、のこってもいいですか?
しおふき、おしえてほしいんです。」

「そりゃあいかん。
父《とう》さんと母《かあ》さんがさびしがるぞ。」
クジラ先生《せんせい》はびっくりしていいました。
「あの、ぼく、父《とう》さんも母《かあ》さんも、
いないんです。それでじいちゃんが
そだててくれたんです。でも、
じいちゃん、もういないし……。
だからひとりなんです。」
みんなはくーぼーを
みつめました。

「いいじゃないの。
わたしものころうかしら。」
ミス・クジラ岬《みさき》が
いいました。
「おまえさんだって、
子《こ》どもや孫《まご》がおるだろう。」
クジラ先生《せんせい》がいうと……
「あら、いわなかった?
わたし独身《どくしん》よ。」

それから……？

さて、それからどうしたかというと、クジラ岬《みさき》では

ピューシュルシュルシュル
ピューシュルシュルシュル

くーぼーが毎日《まいにち》しおふきを練習《れんしゅう》する
すがたが、見《み》られるようになりました。
もちろん、クジラ先生《せんせい》がつきっきりです。

そして、先生《せんせい》のとなりにミス・クジラ岬《みさき》（――近《ちか》ぢか
ミセスになるといううわさ）もね。

ある日《ひ》、くーぼーはオットッ島《とう》の
友《とも》だちに手紙《てがみ》を書《か》きました。

オットッ島《とう》のせいちゃんへ

せいちゃん、げんきですか。ぼくは
げんきです。ぼくは、じいちゃんの
ふるさと、クジラみさきで、まいにち、
しおふきのれんしゅうをして
います。おおきくなったら、
きんメダルをもらいたいからです。
だから、しばらくオットッ島《とう》には
かえれないけど、ぼくのこと
わすれないでください。
また、てがみかきます。

くじらみさき　くーぼー

この手紙《てがみ》、さっそくアザラシ配達員《はいたついん》にたのむとしましょう。
あ、そうそう、みなさんにあたらしい配達員《はいたついん》をご紹介《しょうかい》します。
ザラシーくんです。
しばらくは見《み》ならいですけどね。
え？　だれのことかって？

ほら、クジラ岬《みさき》オリンピックで、アザラシ配達員《はいたついん》に
はげまされながら泳《およ》ぎきったアザラシ、あれがザラシーくんです。
あのときいらい、すっかりアザラシ配達員《はいたついん》のファンに
なってしまったそうで、しょうらいはアザラシ配達員《はいたついん》みたいに
なりたいんですって！

EVERYDAY EXPRESS

**岩佐めぐみ《いわさめぐみ》**

1958年、東京都に生まれる。多摩美術大学グラフィックデザイン科卒業後、1986年まで同大学学科研究室に勤務する。好きなことは、泳ぐこと、歌うこと。作品に『ぼくはアフリカにすむキリンといいます』がある。夫、二人の息子とともに、東京都多摩市在住。

**高畠　純《たかばたけじゅん》**

1948年、愛知県に生まれる。愛知教育大学卒業。現在、東海女子短期大学教授。絵本『だれのじてんしゃ』でボローニャ国際児童図書展グラフィック賞受賞。作品は『もしもし…』「白狐魔記」シリーズ（偕成社）、『ピースランド』『おとうさんのほん』（絵本館）、『ブターラとクマーラドッキドキ』（フレーベル館）、『わんわんわんわん』（理論社）など多数。岐阜県在住。

偕成社おはなしポケット
わたしはクジラ岬にすむクジラといいます
NDC913
偕成社 102P 22cm
ISBN978-4-03-501060-9 C8393

# わたしはクジラ岬にすむクジラといいます

2003年4月1刷　2019年7月7刷

●作者●
岩佐めぐみ
●画家●
高畠　純
●発行者●
今村正樹
●発行所●
株式会社偕成社
〒162-8450 東京都新宿区市谷砂土原町3-5　TEL.03-3260-3221
●印刷所●
中央精版印刷株式会社・小宮山印刷株式会社
●製本所●
中央精版印刷株式会社



本のご注文は電話・ファックスまたはEメールでお受けしています。
Tel: 03-3260-3221　Fax: 03-3260-3222　e-mail: sales@kaiseisha.co.jp

## 偕成社おはなしポケット

### しまのないトラ なかまとちがってもなんとかうまく生きていった どうぶつたちの話
斉藤洋◆作　廣川沙映子◆絵
仲間と少しちがって悲しい思いをしたりしても、自分らしい生き方をみつけた動物たちのお話。

### クリーニングやさんのふしぎなカレンダー
伊藤充子◆作　関口ジュン◆絵
並み木クリーニング店にきた、８人のへんなお客。クリーニング店は１年中大忙しです。

### わるがきノートン
ディック・キング＝スミス◆作　坂崎麻子◆訳　廣川沙映子◆絵
マイペースのねずみ、おくびょうなダンゴムシなど、ちょっとへんてこな動物たちのお話。

### ぼくはアフリカにすむキリンといいます
岩佐めぐみ◆作　高畠純◆絵
お互いがどんなようすの動物か知らないまま、文通をするキリンとペンギン。想像力をフル回転させます。

### 歌うねずみウルフ
ディック・キング＝スミス◆作　三原泉◆訳　杉田比呂美◆絵
もとピアニストのハニービーさんの家に住む子ねずみのウルフは、すばらしい声で歌えるねずみです。

### わたしはクジラ岬にすむクジラといいます
岩佐めぐみ◆作　高畠純◆絵
学校を引退したクジラ先生が書いた手紙が、思いがけないことに発展して、クジラ岬は大にぎわい。

### てんぐのそばや ―本日開店―
伊藤充子◆作　横山三七子◆絵
そばがら山に住むそばうち名人の天狗が、町にそばやを開店しました。大はりきりの天狗でしたが……

### オットッ島のせいちゃん、げんきですか？
岩佐めぐみ◆作　高畠純◆絵
オットセイのせいちゃんに届いた手紙。はこんできたのは見習い配達員のアザラシでした。

### 子ネズミチヨロの冒険
さくらい ともか◆作／絵
もうちっちゃな子ネズミじゃないよ、というチ・ヨ・ロ。ひとりで遠くまでおつかいにでかけます。

### おいらはコンブ林にすむプカプカといいます
岩佐めぐみ◆作　高畠純◆絵
プカプカの書いた手紙を見たといって、「ウミガメのカメ次郎」というへんなヤツがやってきました。

### アヤカシ薬局閉店セール
伊藤充子◆作　いづのかじ◆絵
さくらさんの薬局はお客が少ない。閉店しようかとまねきねこに相談すると、ねこが動きだして！

### ほっとい亭のフクミミちゃん―ただいま神さま修業中―
伊藤充子◆作　高谷まちこ◆絵
〈ほっと亭〉にやってきたフクミミちゃんは、おべんとうやさんをたてなおします。

### ぼくは気の小さいサメ次郎といいます
岩佐めぐみ◆作　高畠純◆絵
ラッコのプカプカの手紙がつないだ、気の小さいサメ次郎と、旅好きなカメ次郎のお話。

小学校3・4年生から●A5判●上製本